엄마를 위한 작은 책

그리고 엄마를 사랑하는 모든 사람들에게

리즈 클라이모 글·그림 정영임 옮김

북극곰

말로우와 매리 루에게

엄마! 엄마!

내가?

아닐 수도 있어요! 하지만 여러분은 엄마나 엄마 같은 분을 잘 알고 있을 거예요. 그리고 바로 지금, 전 이 세상 모든 엄마에게 고마움을 전하고 싶어요. 특히 지금도 최선을 다하고 있는 엄마들에게요.

솔직히 말하자면, 저도 엄마랍니다. 하지만 저에 관한 책을 쓴 건 아니에요. (여러분, 제가 최고의 엄마이기는 해요! 전 자신 있다니까요.) 아, 물론 이 책에 나오는 재미있는 이야기들은 엄마로서의 제 경험을 바탕으로 쓴 거예요. 하지만 이 책의 아이디어는 다른 곳에서 나왔답니다.

엄마가 되었을 때 저에게 뭔가 의미 있는 일이 일어났어요. (넉 달 내내 못 잔 건 빼고요.) 제가 스물두 살 때 돌아가신 엄마에게 감사하게 되었고 그러면서 엄마와 깊이 연결된 느낌이 들었어요. 그래서 이 책은 엄마를 위해 썼어요. 왜냐하면 엄마는 훌륭했으니까요. 물론 엄마도 완벽하지는 않았어요. 엄마도 다른 엄마들처럼 실수도 하고 엄마로서 많이 서툴다고 느꼈을 거예요. 하지만 엄마는 그저 자식들을 사랑했어요. 엄마는 자식들에게 사랑을 느끼게 했을 뿐만 아니라 가정에서 사랑받지 못하는 다른 아이들에게도 마음의 문을 열어 주었어요. 세상엔 우리 엄마 같은 분들이 아주 많아요. 누군가 이 책을 여러분에게 준다면 여러분도 우리 엄마 같은 분일 거예요.

이른 나이에 엄마를 잃고 가장 힘들었던 건 남들에게는 여전히 엄마가 있다는 거였어요. 외로움은 엄마를 잃고 처음 느낀 충격과 괴로움을 넘어서도 계속 이어졌어요. 딸을 가진 후에는 훨씬 더 심해졌어요. 우리 딸과 우리 엄마가 서로를 절대 알 수 없다는 게 너무 괴로웠어요. 아기를 갖고 나니 가끔 우리 아기가 우리 엄마를 닮았을지 궁금했어요. 그래서 아기가 태어나면 어떻게든 우리 엄마를 떠올리게 되기를 마음속으로 바랐지요.

드디어 딸이 태어났어요. 눈은 반짝이는 파란색이고 머리는 딸기처럼 붉은 금발이었어요. 너무나도 사랑스러웠어요. 하지만 우리 딸은 우리 엄마와 눈곱만큼도 닮은 구석이 없었어요. (저를 닮지도 않은 거예요.) 딸은 우리 엄마처럼 행동하지도 않았어요. 하지만 괜찮아요! 어쨌든 딸은 전혀 다른 사람이니까요.

머지않아 전 깨달았어요. 거울에 비친 제 얼굴을 보니 눈은 게슴츠레하고 갈색 머리는 부스스했어요. 제가 딸에게 어떤 말투로 말하는지, 얼마나 웃긴 노래를 불러 주는지 알았어요. 또 딸이 저를 어떻게 웃게 하는지도 알았어요. 정말 오랜만에 뻐뻐할 정도로 깔깔대며 웃었지요. 딸이 저를 얼마나 사랑하는지 느낄 수 있었어요. 제가 엄마에게 같은 감정을 느꼈거든요. 딸에게서 엄마의 모습을 보기보

다는 오히려 저에게서 엄마의 모습을 보기 시작한 거예요.

자식이 있어야만 부모님과 연결된 감정을 느낄 수 있을까요? 아니요! 전 그냥 그 감정을 알게 된 거예요. 제가 뭘 아냐고요? (농담이에요. 제가 아주 영리하긴 해요. 제발, 이 책을 덮지 말아 주세요.) 여러분 중에는 아이가 있는 분도 있고 없는 분도 있겠지요. 부모님과 좋은 관계를 맺은 분이 있고 아닌 분도 있을 거예요. 전 이 책이 엄마만 가질 수 있는 비밀 안내서가 되길 바라지 않아요. 오히려 지금도 어려움을 겪고 있고, 가끔은 너무 외롭기도 할 부모님이나 부모 역할을 하는 분들에게 알리고 싶어요. 여러분은 운이 좋게도 아이들을 위해 대단한 일을 하고 있는 거라고요.

엄마는 제게 조건 없이 사랑하고 받아들이는 것, 너그럽고 다정하게 대하는 것이 중요하다는 걸 가르쳐 주셨어요. 그래서 저는 자녀들이나 주변 사람들에게 사랑을 베푸는 모든 분들에게 고마워요. 당신이 더 나은 세상을 만들고 있어요. 이 책은 당신을 위한 책이에요.

누구,
저요?

네, 당신이요! 당신이 엄마이든 아니든,
전 여전히 당신이 대단하다고 생각해요.

고마워요. 당신이 이 책을 좋아하길 바라요.

리즈.

당신은 엄마예요.

당신은 정말 많은 그림책을 읽어 줬어요.

딱 이만큼만
더요.

(아직 안 해 봤다면, 많은 책을
읽게 될 거예요. 반드시.)

당신을 위한 그림책이
바로 여기 있어요.

엄마가 된다는 건 정말 엄청난 일이에요.

가끔은 눈 깜짝할 사이에 일어나요.

출산을 축하합니다!

벌써 낳았어?

응! 케이크 먹을
시간에 딱 맞췄지.

가끔은 아주 오래 걸려요.

때로는 하염없이
기다려야 하죠.

때로는 깜짝 선물 같아요.

세상에나...

하지만 놀라운 여정은

바로 지금부터 시작이에요.

오늘이 바로 그날이에요.
마침내 아이가 태어났어요.

아이는 완벽해요.

이 소중한 선물이 바로 당신 아이예요.
영원히 사랑해도 좋아요.

당신은 정말 행운아예요.

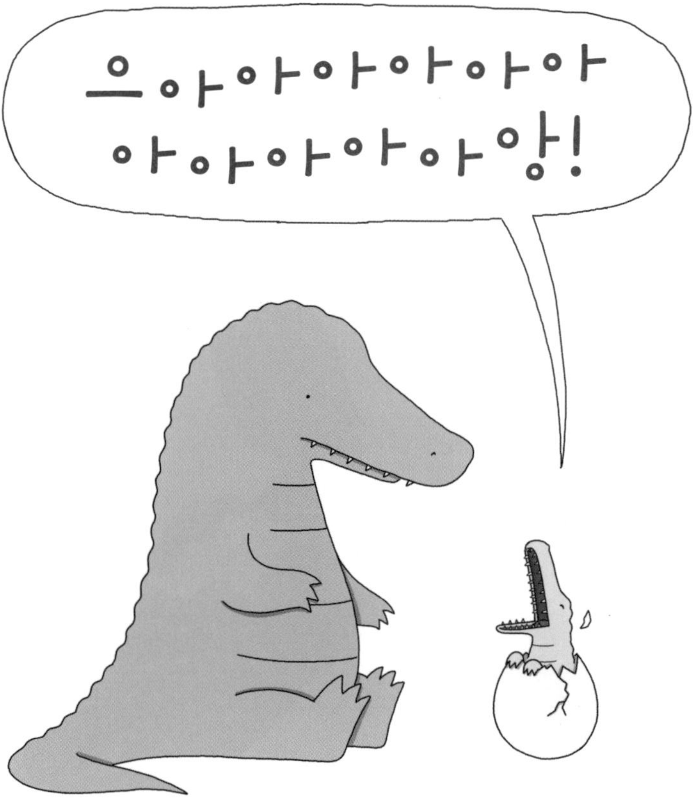
으아아아아아아
아아아아아앙!

물론 갓 태어난 생명을 다루는 일은
아주 조심스러워요.

그럼요… 정말 두려운 일이에요.

때로 당신과 아이는 딱 붙어 있어요.

때론 아니기도 하고요.

(하지만 이건 지극히 정상이에요.)

아이가 태어나고 몇 주 동안은 아주 힘들 거예요.
다행히, 모두 당신에게 조언해 줄 거예요.

웬일이야, 세상에!
너무 귀엽다. 몇 주 됐어요? 설마 애가
거기서 자는 건 아니죠? 애가 숨 막히지 않게
잘 확인하세요. 배고픈가? 배고파 보이네.
두 시간마다 먹이지 않으면 큰일 나요.
그리고 애 머리가 납작해지지 않게 가끔
꺼내 줘야 해요. 근데, 애 머리가 좀
납작하지 않나요? 내 조카 애는
납작 머….

언제쯤 푹 잤는지 기억나나요?

으아아아아아앙

글쎄요, 안 날걸요.

기분이 왔다 갔다 할 거예요.

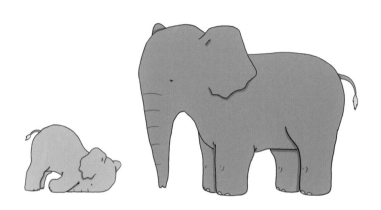

나를 위한 시간도
거의 없어요.

가끔은 자기를
못 알아볼지도 몰라요.

때로는 자기 모습을
잃었다고 느낄 수 있어요.

가시가
이것보단
많지 않았나?

영영 이렇게 살아야 하나
싶을 거예요. 하지만 그렇지 않아요.

밤샌 날
卌 卌 卌
卌 卌 卌
卌 卌 卌
|||

36

어느 날, 영아기가 끝날 거예요.

아마도 아이는
말을 하기 시작할 거예요.

그리고 절대로…

엄마! 엄마?
엄마 엄마 엄마
엄마 엄마 엄마
엄마 엄마

영원히…

멈추지 않을 거예요.

갓난아이를 키우는 게 힘들다고
생각했던 때를 기억하나요?

걸음마를 배울 때까지 기다려 보세요.

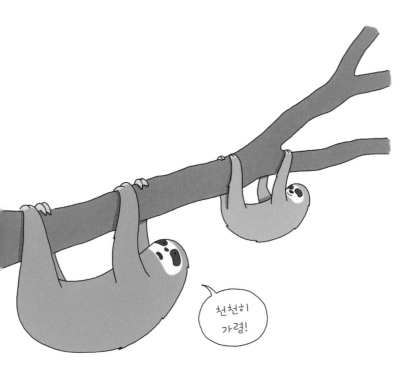

궁금한 게 정말 많을 거예요.

엄마가
먼저예요?
알이 먼저예요?

우리는
왜 이렇게 냄새가
고약해요?

왜 하늘은
파래요?

당근도
느낄 수 있어요?

ㅊ은 어떻게
쓰는 거예요?

뜻이라는 게
무슨 뜻이에요?

끝없이…
물어볼 거예요.

재미있는 일도 많을 거예요.

당신이 모르는 사이에
아이는 어린이가 될 거예요.

(무슨 말인지 아시죠?)

아이는 점점
제 마음대로 할 거예요.

당황스러운 순간들이
있을 거예요.

（둘 모두한테 말이에요.）

배움의 시간도 있을 거예요.

(둘 모두한테 말이에요.)

아이는 곧 십 대가 될 거예요.

십 대 아이들은 정말 재미있어요!

서로 진짜 안 맞을 거예요.

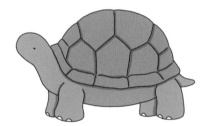

영화 같은 일도 일어날 거예요.

하지만 밤새워
이야기를 나눌 거예요.

많이 웃기도 할 거예요.

그리고 많이…

더 많이…

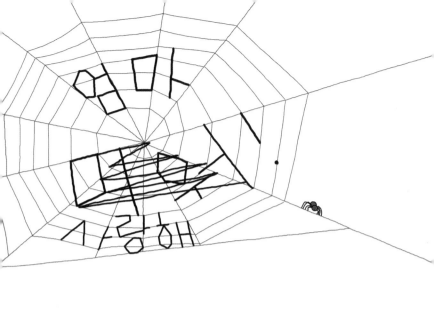

사랑할 거예요.

시간이 어디로
사라졌냐고요?

아이가 병아리 같던 때가
한 달 전처럼 느껴질 거예요.

(어떤 느낌인지 아시죠?)

이별은 힘들어요.

하지만 당신은 혼자가 아니에요.

같이 놀래요?

그리고 당신은 감당할 수 있어요.

수백만 년 동안 엄마들은
이런 과정을 겪어 왔어요.

세상에는 각양각색의 엄마들이 있어요.

아주 젊은 엄마도 있고요.

나이 많은 엄마도 있어요.

아이와 닮은 엄마가 있는가 하면

그렇지 않은 엄마도 있어요.

할머니나 할아버지가 엄마일 수도 있어요.

사촌이나 형제나 친구가
엄마 역할을 하기도 해요.

다시
읽어 봐!

새엄마나 위탁 엄마도 있어요.

아이를 간절히 바라는 엄마도 있어요.

아이를 잃은 엄마도 있어요.

어떤 가족은 엄마가 두 명이기도 하고

엄마 역할을 맡은 부모가 있기도 해요.

회사에 다니는
엄마도 있고

집에 있는 엄마도 있어요.

(하지만 이분들도 일하는 거예요!)

도움을 받는 엄마가 있어요.

혼자서 다 하는 엄마도 있고요.

아이 곁을 절대 떠나지 않는 엄마가 있어요.

아이 곁을 너무 일찍 떠나는 엄마도 있어요.

이별은 힘들어요.

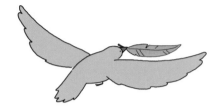

하지만 엄마들은 결코 사라지지 않아요.

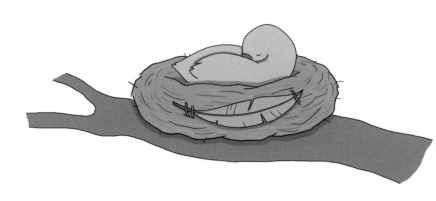

왜냐하면 엄마가 하는 말들은

옛날 옛날에…

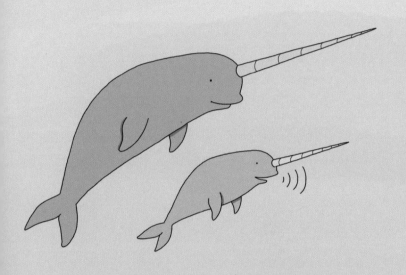

아이가 하는 말들이 되니까요.

당신이 가르쳐 주면

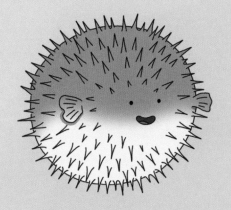 

아이도 가르쳐 줘요.

당신이 사랑하면

아이도 사랑해요.

엄마의 사랑만큼

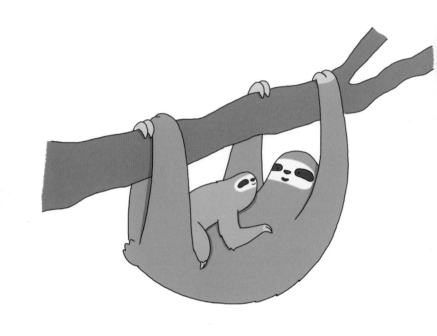

강한 건 없으니까요.

엄마의 사랑은 절대 사라지지 않아요.

진지하게 말할게요.
곧 아이가 태어날 거라면 지금 좀 자 두세요.
바로 지금이요. 잘 수 있을 때요!

제 말을 믿으세요.
당신은 휴식이 필요할 거예요.

왜냐하면 당신은 엄마니까요.

세상의 어떤 일도

엄마의 일보다 더 중요한 건 없어요.

감사 인사

저는 지금 이 책을 들고 있는 누구에게든지 고마움을 전하고 싶어요. 제 작품을 전에 본 적이 있든 지금 처음 보든 상관없이 이 책을 읽어 주셔서 고맙습니다. 뉴 리프 리터러리(New Leaf Literary)의 캐슬린 오티즈를 비롯한 여러분의 노고에 감사드립니다. 플랫아이언 북스(Flatiron Books)의 사라 머피와 여러분이 이 책을 믿어 주고 이 책의 비전을 실현하도록 도와주셔서 고맙습니다. 책을 만드는 데 많은 영감을 주고 초기에 의견을 주며 도와준 가족들과 친구들, 변함없이 지지해 준 우리 남매와 우리 아빠, 항상 솔직하고 창의적인 의견을 주는 동반자이자 친구로서 제게 엄청난 행운이 되어 준 남편에게도 고맙습니다. 그리고 조건 없는 사랑이 무엇인지 가르쳐 준 엄마와 날마다 조건 없는 사랑이 무엇인지 알려 주는 딸에게도 고맙습니다.

작가 소개

리즈 클라이모 글·그림

만화가, 어린이책 작가, 일러스트레이터, 애니메이터입니다. 샌프란시스코만 지역에서 자랐고, 대학교를 졸업하고 로스앤젤레스로 건너가 「심슨 가족」의 캐릭터 아티스트로 일했습니다. 인스타그램 카툰 시리즈 「리즈 클라이모의 작은 세상」(@lizclimo)이 인기를 끌기 시작해서 작가로 데뷔할 수 있었습니다. 작품으로 「리즈 클라이모의 작은 세상」, 「꼬마 공룡 로리의 모험」 등이 있습니다. 현재 남편과 딸과 함께 로스앤젤레스에서 살고 있습니다.

정영임 옮김

두 아이와 그림책을 읽으며 울고 웃다가, 점점 그림책에 홀딱 빠져 어린이책 번역의 길을 걷게 됐습니다. 서울여대 경영학과를 졸업하고, 교환학생으로 미국에서 공부했습니다. 서울교대 Young Learner TESOL과 한겨레 어린이책 번역 작가 과정을 수료하였습니다.

엄마! 엄마!

2021년 5월 8일 초판 1쇄 ‖ 2022년 10월 28일 초판 2쇄

글·그림 리즈 클라이모 ‖ 옮김 정영임
편집 이루리, 노한나, 이지혜 ‖ 디자인 전다은, 양태종 ‖ 마케팅 이경화, 신유정
펴낸이 이순영 ‖ 펴낸곳 북극곰 ‖ 출판등록 2009년 6월 25일 (제 300-2009-73호)
주소 서울시 마포구 독막로 320 B106호 ‖ 전화 02-359-5220 ‖ 팩스 02-359-5221
이메일 bookgoodcome@gmail.com ‖ 홈페이지 www.bookgoodcome.com
ISBN 979-11-6588-097-2 03840 ‖ 값 15,000원